NUESTRAS COMUNIDADES

ERES PARTE DE UNA COMUNIDAD FAMILIAR

THERESA EMMINIZER
Traducido por Cecilia González Godino

Gareth Stevens
PUBLISHING

Please visit our website, www.garethstevens.com. For a free color catalog of all our high-quality books, call toll free 1-800-542-2595 or fax 1-877-542-2596.

Library of Congress Cataloging-in-Publication Data
Names: Emminizer, Theresa, author.
Title: Eres Parte de una Comunidad Familiar / Theresa Emminizer.
Description: New York : Gareth Stevens, [2020] | Series: Nuestras Comunidades | Includes index.
Identifiers: LCCN 2019017372 | ISBN 9781538250228 (pbk.) | ISBN 9781538250242 (library bound) | ISBN 9781538250235 (6 pack)
Subjects: LCSH: Community life–Juvenile literature. | Families–Juvenile literature. | Communities–Juvenile literature.
Classification: LCC HM761 .E46 2020 | DDC 307–dc23
LC record available at https://lccn.loc.gov/2019017372

Published in 2020 by
Gareth Stevens Publishing
111 East 14th Street, Suite 349
New York, NY 10003

Translator: Cecilia González Godino
Editor, Spanish: Alberto Jiménez
Designer: Sarah Liddell
Editor: Theresa Emminizer

Photo credits: cover, pp. 1, 21 Monkey Business Images/Shutterstock.com; background texture used throughout april70/Shutterstock.com; papercute texture used throughout Paladjai/Shutterstock.com; p. 5 pixelheadphoto digitalskillet/Shutterstock.com; p. 7 StockImageFactory.com/Shutterstock.com; p. 9 Soloviova Liudmyla/Shutterstock.com; p. 11 antoniodiaz/Shutterstock.com; p. 13 bearinmind/Shutterstock.com; p. 15 Rawpixel.com/Shutterstock.com; p. 17 sonya etchison/Shutterstock.com; p. 19 wavebreakmedia/Shutterstock.com.

Printed in the United States of America

CONTENIDO

Las palabras del glosario se muestran en **negrita** la primera vez que aparecen en el texto.

¿Qué es una familia?

Hay familias de muchos tipos y tamaños: que viven juntas o separadas, que tienen muchos miembros o tan solo unos pocos. Pero lo principal es que la familia es un grupo de personas que se cuidan unas a otras y que, cada una a su manera, desempeñan un **papel** (un rol) importante.

Tu comunidad familiar

Una comunidad es un grupo de personas que viven y trabajan juntas. Cada familia constituye una pequeña comunidad. ¿Cómo es tu comunidad familiar? Algunos de sus miembros pueden ser tus padres o padrastros, tus hermanos y hermanas, tus abuelos ¡y tú!

Necesidades de la familia

Cada familia tiene sus propias necesidades. Los miembros de la comunidad familiar trabajan unidos para satisfacerlas. Algunas necesidades son **prácticas**, como dónde vivir o qué comer, pero otras son **emocionales**, como el deseo de sentirse comprendido.

Los roles familiares

Cada miembro de la familia tiene un papel **único**. Los adultos son **responsables** de **proveer** comida y techo a la familia. Lo consiguen trabajando, pagando las facturas y comprando comida y artículos para la casa. Los hijos también cumplen un papel importante.

¿Cuál es tu papel?

¿Qué debes hacer en tu comunidad familiar? No importa tu edad; todos pueden **contribuir** en la medida de sus posibilidades. Por ejemplo, puedes ayudar a satisfacer las necesidades prácticas de tu familia colaborando en las tareas de casa.

Echa una mano

Con estos pequeños gestos contribuirás al bienestar de tu comunidad familiar: ayuda a preparar la cena, pon la mesa, lava los platos o saca la basura. También puedes mejorar la armonía familiar manteniendo tu habitación limpia y ordenada.

¿Tienes un hermano o una hermana pequeña? Parte de tu rol, tu papel, puede consistir en cuidar a veces de tus hermanos menores. Si tu familia tiene una mascota, participa también en su cuidado: echa una mano dándole de comer o sacándola a pasear.

Sé amable

También puedes ayudar a cubrir las necesidades emocionales de tus **parientes**. Es fácil: ¡demuéstrales que te importan! Cuando alguno hable, escucha con atención. En las reuniones, ¡procura que se diviertan! Sugiere juegos o lecturas para compartir.

Cómo ser buen familiar

Tu familia te necesita ¡y tú los necesitas a ellos! Ser un buen miembro de la comunidad familiar implica prestar apoyo. Todos deben colaborar. ¿Qué otras formas de satisfacer las necesidades de tu familia se te ocurren?

GLOSARIO

contribuir: dar o hacer algo para ayudar a una persona, un grupo o una causa.

emocional: relacionado con los sentimientos.

papel (rol): función que desempeña alguien.

parientes: personas que pertenecen a la misma familia.

práctico: relacionado con las cosas de la vida cotidiana.

proveer: suministrar, facilitar lo necesario.

responsable: persona que está a cargo de algo o de alguien.

único: irrepetible.

PARA MÁS INFORMACIÓN

LIBROS

Nagle, Jeanne. *Let's Find Out! Communities: What Is a Community?* New York, NY: Britannica, 2018.

Rotner, Shelley, and Sheila M. Kelly. *Families.* New York, NY: Holiday House, 2015.

SITIOS DE INTERNET

Kids Health

kidshealth.org/en/kids/parents.html?WT.ac=ctg#cathome-family

Aprende a demostrarle a tu familia que te importa.

Women and Children's Health Network

cyh.com/HealthTopics/HealthTopicDetailsKids.aspx?p=335&np=282&id=1791

Aprende cómo llevarte bien con tu familia.

Nota del editor a los educadores y padres: nuestro personal especializado ha revisado cuidadosamente estos sitios web para asegurarse de que son apropiados para los estudiantes. Sin embargo, muchos de ellos cambian con frecuencia, por lo que no podemos garantizar que contenidos que se suban a esas páginas posteriormente cumplan con nuestros estándares de calidad y valor educativo. Les recomendamos que hagan un seguimiento a los estudiantes cuando accedan a Internet.

ÍNDICE